AF599445

Premios Mediterráneas 2025

www.lasturaediciones.com
info@lasturaediciones.com

Editado en Madrid, España.

Primera edición: septiembre, 2025

Depósito Legal: M-17264-2025
ISBN: 979-13-990770-3-2

Impreso en Antequera, Málaga
Printed in Spain

OBRAS GANADORAS

VI Premio Internacional de Poesía Breve 'M.ª Teresa Espasa'

Premio Internacional de Teatro Breve 'Stella Manaut' 2025

Premio Internacional de Narrativa Breve con Nombre de Mujer
'Mar Busquets' 2025

diversitats

Premios Mediterráneas 2025

Leticia Bravo Banderas
Control de pasaportes (poema a dos voces)

Jon Viar Aparicio
INCEL

Ariel Silva Baracat
Reina y mendiga

INTRODUCCIÓN

Los Premios Mediterráneas están convocados por la Plataforma de Escritoras del Arco Mediterráneo. En esta sexta edición se convocaron cuatro modalidades diferentes, que se fallaron el 23 de abril de 2025, Día Internacional del Libro. Las obras ganadoras en tres de estas modalidades son las que se recogen en este volumen.

Para el VI Premio Internacional de Poesía Breve 'M.ª Teresa Espasa', se recibieron 293 obras desde todas partes del mundo. El jurado, presidido por María Teresa Espasa y formado por Jorge Ortiz Robla y Luisa Samblás, como vocales, y Elia Saneleuterio Temporal, como secretaria, acordó por mayoría conceder el premio a la obra *Control de pasaportes (poema a dos voces)*, de Leticia Bravo Banderas. Esta malagueña nacida en 1971 es doctora en Filología Clásica por la Universidad de Málaga y profesora de griego y latín desde el año 1997, primero en la ciudad autónoma de Ceuta y, desde el año 1999, en el colegio Nuestra Señora de la Victoria HH. MM. de Málaga. También ha sido responsable de biblioteca escolar y ha realizado cursos como el de Experto Universitario en Educación de la Interioridad para Centros Educativos o de correctora, con la Escuela Cursiva de Penguin Random House. En su faceta investigadora ha participado como invitada y ponente en jornadas y congresos como el CICELI y cuenta con algunas publicaciones acerca de los asuntos que más le interesan y preocupan: las relaciones literatura, arte y mito; la naturaleza y las cuestiones de género. Además de algún premio en modalidades de microrrelato y carta, fue finalista del Primer Premio de Poesía "Rosa Butler" en el año 2020 y ganadora ese mismo año del Premio de Poesía Manuel Salinas (VII Certamen Poético Internacional "Cortijo de la Duquesa"). Su poemario *El año que no fui a Grecia* forma parte de la colección Puerta del Mar de poesía que edita y publica la Diputación Provincial Málaga. También en 2024 vio la luz *Impreso en la retina. Ucrania: catorce estaciones antes de la Pascua* (Loto Azul).

Control de pasaportes (poema a dos voces) destaca por su construcción simbólica, que convierte el testimonio individual en una voz colectiva, con una intensidad lírica y una utilización de la metáfora como forma de denuncia, dando forma poética al grito silenciado de quienes han de cruzar fronteras tanto emocionales como vitales o físicas. El poema está construido como un diálogo lírico donde la primera voz actúa como exigencia, con tan solo dos palabras, para franquear el paso a la segunda voz, quien da cuenta de su procedencia e identificación con un ritmo que invita a la reflexión.

Para el Premio Internacional de Teatro Breve 'Stella Manaut' 2025, convocado por la Plataforma de Escritoras del Arco Mediterráneo para incidir en la lucha por la igualdad entre hombres y mujeres, se recibieron 43 obras desde Andalucía, Asturias, Cantabria, Castilla y León, Euskadi, La Rioja, Madrid, Argentina, Chile, Colombia, México, Paraguay…

El jurado, presidido por doña Stella Manaut y formado por doña Carmen Calle y don Emilio Tadeo, como vocales, y doña Elia Saneleuterio Temporal como secretaria sin voz ni voto, decidió por unanimidad conceder el premio a la pieza titulada *INCEL*, por su profundidad temática, expuesta con una aparente sencillez verbal y estructural. La trama de la obra denuncia de modo extremo la degradación de una sociedad moderna, deshumanizada y en descomposición, en sus postrimerías políticas y sociales, representada por unos jóvenes sin futuro y sin alicientes que renuncian a seguir luchando por una convivencia y una vida mejor. El lenguaje directo, duro y grosero de los coprotagonistas se adecúa a unos comportamientos igualmente faltos de cualquier delicadeza, sensibilidad y empatía. La violencia criminal, ejercida por el hombre sobre la mujer, rebasa los límites de la anécdota dramática para convertirse en alegoría de la brutalidad, igualmente denunciada, sin valores y llena de rabia, de una parte de la sociedad y de unos individuos larvados por el fracaso y el rencor.

El autor de *INCEL* es Jon Viar Aparicio, doctor en Estudios Literarios y Teatrales por la Universidad de Alcalá. Estudió en la Escuela Municipal de Arte Dramático de Madrid y en la Fundación Shakespeare de España. Ha estrenado un largometraje documental y publicado dos obras de teatro, además de su tesis doctoral. En estos años ha trabajado como guionista en diversos proyectos y como actor en cortometrajes, largometrajes, series y espectáculos teatrales. Actualmente, es profesor en el Departamento de Dramaturgia de la Escuela Superior de Arte Dramático de Castilla y León. Durante su trayectoria ha recibido reconocimientos como el XVI Premio El Espectáculo Teatral por *El hacha y la serpiente*, una mención especial en el Primer Certamen Iberoamericano de Dramaturgia de Castuera (Badajoz) por el texto *El encuestador* y el premio al Mejor Largometraje Socio Plataforma Nuevos Realizadores en el Festival de Cine de Madrid por *Traidores*.

Con *Marlowe. ¿El verdadero Shakespeare?,* versión reducida de su tesis doctoral, fue finalista del Premio Euskadi de Ensayo en Castellano, y también obtuvo el premio a la mejor interpretación masculina en la XX Semana del Cortometraje de la Comunidad de Madrid —otorgado por la Unión de Actores— por el cortometraje *Derbi.* Suya es la versión y dirección de *Voces contra la oscuridad,* de Ariel Dorfman, espectáculo estrenado en El Beatriz Madrid para la Fundación Robert Kennedy, así como la dramaturgia y puesta de escena de *Dido, reina de Cartago,* de Christopher Marlowe, que se estrenó en el Festival de Almagro Off y en la Sociedad Cervantina.

La modalidad nueva en 2025 fue el Premio Internacional de Narrativa Breve con Nombre de Mujer 'Mar Busquets', que busca reivindicar personajes femeninos históricos, priorizando el mundo cultural o literario mediterráneo. A este galardón se presentaron 40 obras desde países como Argentina, Colombia, Cuba, Guatemala, México, Paraguay, además de muchas provincias españolas.

Tras la preselección y deliberación del jurado, compuesto por Mar Busquets-Mataix, como presidenta, Manuela Carvajal y Manuel Valero, como vocales, y Elia Saneleuterio Temporal como secretaria sin voz ni voto, la obra ganadora por mayoría resultó ser *Reina y mendiga*. En la argumentación positiva en pro de *Reina y mendiga* se alude a que está articulada en función del equilibrio entre los aspectos biográficos del personaje femenino de la emperatriz Teodora, con un lenguaje literario claro, accesible, y la composición creativa que se resuelve con imaginación y destreza, de manera coherente. El texto narrativo, en un principio lineal, se convierte poco a poco en un círculo que nos permite el acceso a multitud de datos interesantes y nos motivan a conocer esta relevante figura histórica femenina con mayor profundidad.

Abierta la plica, la persona ganadora resultó ser Ariel Silva Baracat, autor que vive en España desde los quince años, primero en Galicia y ahora en Conil de la Frontera (Cádiz). Es aficionado al estudio de la Historia y jardinero, y reconoce ser escritor "como subproducto de ser lector", pues se inició en la escritura a los trece años, cuando le defraudó el final del *Drácula* de Bram Stoker. Ariel Silva Baracat ha publicado bajo heterónimo, y reconoce no ser muy dado a los concursos. Escribe relato corto y novela, y está a punto de publicar la última.

Leticia Bravo Banderas

CONTROL DE PASAPORTES
(POEMA A DOS VOCES)

Mi dolor se acrecienta mientras mi vida
decrece,
moriré con el corazón lleno de esperanza.

MEENA MUSKA [¿? -200?],
poeta afgana

[…] Las canciones que brotan de mi corazón
me recuerdan que algún día
romperé la jaula.
Volando saldré de esta soledad
y cantaré con melancolía.
No soy un frágil álamo
sacudido por el viento.

Soy una mujer afgana,
entiéndase pues mi constante queja

NADIA ANJUMAN [¿? -2005]
(«No deseo abrir la boca»), poeta afgana

Nos han dejado fuera del sistema, sin un proyecto de vida,
como un peso muerto. Me siento en un cementerio de sueños.

DOCTORA AFGANA
(*El País Semanal*, 12 de enero de 2025, pág. 24)

CONTROL DE PASAPORTES
(POEMA A DOS VOCES)

VOZ 1:
¿Procedencia?

VOZ 2
Vengo de un lugar extraño, aunque está en este planeta.
De un sitio muy oscuro, donde el orden, su orden,
se impone al son del miedo,
a golpe de látigo, a sorbo de sangre,
a portazo de celda, a tiempo de castigo,
a escuela cerrada, a cuaderno roto,
a persianas bajadas, a pestillos echados,
amenazas y oscuro silencio,
oscuro silencio…

VOZ 1
Identificación

VOZ 2
Soy un grano de arena en el océano del desierto.
Soy un guijarro en la orilla que engulle la ola.
Soy una hebra oculta en el interior de la madeja.

Estoy hecha de pájaros con las alas rotas.
Estoy hecha de agujas que te cosen los labios.
Estoy hecha de golpes que te cierran la boca.
Soy un zulo de tela que me arrastra a la sombra.
Soy un hilo de voz que se traga la tierra.
Soy una lágrima seca sobre llagas abiertas.

Estoy hecha de espinas que sueñan ser rosa.
Estoy hecha de noche sin estrellas ni luna.
Estoy hecha de un frío que me abrasa la ropa.

Soy un pozo sin fondo donde el agua se ahoga.
Soy un árbol sin copa, sin fronda, sin nido.
Soy una isla ignota que espera su mapa.

Estoy hecha de nubes que el viento no toca.
Estoy hecha de astillas como leña talada.
Estoy hecha de estrellas que la oscuridad apaga.

Soy una botella sellada a merced de las olas.
Soy un instrumento sin cuerdas, un piano sin teclas.
Soy un arroyo subterráneo que persigue su boca.

Estoy hecha de brotes sin tronco ni rama.
Estoy hecha de quejas que ya nadie oye.
Estoy hecha de olvido como las piedras rotas.

Soy una oración que se reza con los labios cerrados.
Soy un eco lejano que se pierde en la niebla.
Soy la hoja prensada en un libro olvidado.

Estoy hecha de susurros y de protestas muertas.
Estoy hecha de deseos como escarcha quemada.
Estoy hecha de páginas sin costura ni tinta.

Soy un miedo que crece como el hongo en el agua.
Soy una canción muda, una partitura rota.
Soy alfombra pisada, el revés de la trama.

Estoy hecha de leyes que corroe la carcoma.
Estoy hecha de nombres que la lengua no dice.
Estoy hecha de muros, de telones de acero.

Soy mariposa atrapada en gusano, en capullo, en ovillo.
Soy un rostro velado, una cara vacía.
Soy la noche que asoma y no tiene mirada.

Estoy hecha de paredes donde busco las grietas.
Estoy hecha de piedras que lastiman y doblan.
Estoy hecha de manos que se buscan a ciegas.

Soy un barco sin remos en mitad de la nada.
Soy ceniza que espera ser por viento abrazada.
Soy la hierba que pisan sus botas gastadas.

Estoy hecha de gotas que quieren ser lluvia.
Estoy hecha de sed, de sudor, de agua seca.
Estoy hecha de polvo que abrasa gargantas.
Soy un temblor en el pecho cuando salgo a la calle.
Soy un futuro que llora cuando entono una nana.
Soy el espejo de alguien que vive encerrada.

Estoy hecha de cristales que rompieron sus balas.
Estoy hecha de tizas que murieron vedadas.
Estoy hecha de gritos bajo bocas tapadas.

Soy un cuerpo difunto en sudario enfundado.
Soy un fantasma que sangra por abrir los cerrojos.
Soy una muerta que late, respira y se encoge.

Estoy hecha de nudos como manos ancianas.
Estoy hecha de sueños que guardo en el alma.
Estoy hecha de historias y de aladas palabras.

VOZ 1
¿Algo que declarar?

VOZ 2
Quiero hacer lo que quiera,
conjugar cualquier verbo en primera persona
y dejar que el rocío me acaricie la cara.
Quiero verme desnuda
y volver a nacer sin las alas trabadas.
Quiero el sol en mi pecho y mañanas de plata.
Quiero un baño de estrellas sin la luna apagada.

Quiero abrir las ventanas y correr las cortinas
y que sepan mis pies que hay camino, que hay vida.
Quiero ser, quiero estar, quiero ir, quiero ver…
Quiero un nombre, una historia, un rostro, un abrazo.
Quiero llaves, palabras

y unos ojos abiertos que sostengan miradas.
Quiero risas, jugar, escuchar carcajadas.
Quiero ser, quiero estar, quiero ir, quiero ver…

Con los ojos cerrados,
muerta, oscura,
enterrada, no me quiero morir, sino viva y despierta,
celebrando las horas con amigas y hermanas,
con tu boca en mi oído,
con la luz por la puerta y la brisa en mi alma,
con el pájaro alegre comiendo en mi mano
y la vida vivida libre, entera,
abrazada como fruta madura que regala la rama.

Me han robado la voz. Me quieren callada.
Es mi herida el silencio, pero mi herida canta.

Jon Viar Aparicio

INCEL

ALBERTO está esperando a BEATRIZ. Una mesa, dos sillas, una televisión apagada y una vieja alfombra. Encima de la mesa, una foto de Beatriz, enmarcada.

ALBERTO: Soy un yonqui del odio. No lo aguanto más. No quieren sabios. Quieren pedagogos. Estamos rodeados de imbéciles y no hay nadie al volante. Venga, por favor. Es increíble. Increíble… Increíble, pero predecible, claro. Joder.

ALBERTO mira su reloj. El tiempo pasa. Suspira.

ALBERTO: ¿Dónde estará esta loca? ¿Dónde coño estará? Siempre tengo que adivinar todo lo que ocurre fuera de esta jodida habitación, y ya no puedo más. En cuanto sale por esa puerta se convierte en un problema con piernas, pero la quiero.

ALBERTO camina unos metros. Se detiene. Se sienta en una de las sillas.

ALBERTO: ¿Cómo se lo digo? ¿Somos capaces de matar a una persona? ¿Sí? No hay salida. Es que no la hay. A ver… ¿Cómo puedo explicarle a esta hija de puta que no ha sido culpa mía? Marx lo explicó mejor que yo. Es el ejército industrial de reserva, y yo solo soy un reservista en medio de un proceso de robotización, en medio de una puta guerra mundial… Me han echado, sí. A la puta calle. Me han echado y yo solo sé trabajar. No soy un "incel" como ella dice. No, no lo soy.

Silencio. ALBERTO se levanta y camina. Poco a poco se detiene.

ALBERTO: El amor es narcisista. No hay otra explicación. Ella me hizo creer que no había sido feliz con nadie. Yo pensé que tuvo mala suerte, que nadie la quiso nunca, pero no es cierto. Fui tan idiota que pensé que conmigo sería feliz. Qué ingenuo, qué estúpido y qué narcisista fui.

Silencio.

ALBERTO: Está bien. Si no viene, la llamo.

ALBERTO coge su teléfono móvil. Llama y nadie contesta.

ALBERTO: No soy ningún "incel". No lo soy.

ALBERTO guarda su teléfono móvil. Mira la foto de Beatriz.

ALBERTO: Vamos a ver, Beatriz. Estamos inmersos en la tercera guerra mundial y no entendemos nada. Asistimos perplejos a una aglomeración de cadáveres putrefactos y vídeos de TikTok. Propaganda y contra-propaganda. Todos se ofenden por todo. Todos quieren un lenguaje neutro y puro, un lenguaje de trapo que pueda expurgar todas las ofensas del mundo. Todo eso ya lo sé, y ya sé que todo es una mierda pero... ¿cómo te digo esto? ¿La verdad? ¿Quieres la verdad? La verdad es siempre horrible, pero te la mereces. No quiero que lo hagas. Te vas a arrepentir toda la vida. Toda la puta vida. Créeme. Vamos adelante, juntos, y ya está. De todo se sale. Puedes confiar en mí. Una vez vi a un tipo en la acera lleno de sangre, muerto por un bombazo. ¿Sabes qué hice? Seguí caminando. ¿Te lo puedes creer? Seguí caminando como un puto psicópata.

Silencio. ALBERTO mira el teléfono móvil. Suspira.

ALBERTO: Joder, si hay gente que ha podido hacerlo en contextos aún más jodidos, nosotros podremos también. Mi madre siempre soñó con tener un hijo obeso. Obeso mórbido. Y mírame a mí. Un puto anoréxico. Que sí, que todo es una mierda, que no tenemos un duro. Pero, coño, tenemos familias católicas, no estamos tan mal. A nuestros padres les han subido las pensiones. Con eso ya pagaremos los pañales.

Al fondo del escenario, a un lado, aparece tímidamente BEATRIZ.

ALBERTO: ¡Por fin!

BEATRIZ: Buenas noches, señores, señoras y "señoro".

BEATRIZ comienza a llorar.

ALBERTO: Pero, ¿qué te pasa ahora?

BEATRIZ: Te odio.

ALBERTO: ¿Qué he hecho ahora?

BEATRIZ: ¿Ahora?

ALBERTO: Dime algo, por favor, Beatriz. Me va a dar un puto ataque al corazón y me voy a morir aquí mismo, joder.

BEATRIZ: Aborto.

ALBERTO: ¿Cómo?

BEATRIZ: ¿Estás sordo?

ALBERTO: No, no…

BEATRIZ: Que he tenido un aborto, te digo.

ALBERTO: ¿Natural?

BEATRIZ: Sí. Natural. Nunca te enteras de nada.

ALBERTO: Vaya... Lo siento. Lo siento muchísimo.

BEATRIZ: Es curioso, ya sabes que no quería tenerlo, pero al ver que ya no tenía la posibilidad, pues... Me ha dado tanta pena. No sé por qué. No sé explicarlo. Nunca aparecía el hombre adecuado. Tú tampoco lo eres, pero...

ALBERTO: Te entiendo...

BEATRIZ: ¿Tú qué vas a entender? Tú nunca entiendes nada. Nunca te enteras de nada.

Silencio.

BEATRIZ: Es maravilloso vivir en este lugar, en estas cuatro paredes, ajenos al horror del mundo real. ¿Verdad? Solo hay que apagar la tele. Así estamos, ajenos al terror moral de nuestra época. Bueno, no del todo. Soy incontrolable, ya sabes. Mi lengua es una guadaña de hierro afilado que no se detiene ante nada. Soy la loca del pueblo, la mujer de las venas cortadas que sigue gritando. Soy la zumbada que tira cosas por la ventana y se ríe llorando. Sé que el vecino me raya el coche todas las noches. Lo sé. Y él sabe que yo lo sé, pero aún no lo he pillado al muy hijo de puta. Estoy sola en el mundo, pero al menos tengo mis piernas, mis senos turgentes y grandes. Tengo una lengua que no se detiene ante nada, ya te lo he dicho. Si hay que chupar una polla, la chupo, si hay que dar un par de hostias con la mano abierta, las doy. Abro las puertas de la casa bruscamente. Y las cierro con más fuerza todavía. Todos me temen. Todos creen que estoy loca. Nadie me ha querido nunca, ¿sabes? Solo tú. Eres realmente imbécil. Nadie me ha querido, ni mi madre. Tengo derecho a ser cruel. ¿No crees? Tengo derecho a ser una zorra. ¿Crees que ser una zorra me empodera? ¿Crees que tengo el poder?

ALBERTO: Eso no es cierto. Estamos en la sociedad del espectáculo, querida.

BEATRIZ: ¡Cállate! Cállate de una vez y para siempre.

Silencio.

BEATRIZ: Estás muy pensativo. Me gusta. Siempre ocupado, siempre trabajando, siempre quejándote. Nunca cambiarás. ¿Sabes por qué? Porque eres un muerto de hambre. Eres un jodido inútil. ¿Sabes lo que hago con todas esas fotos que me mandas? Las quemo todas. Las quemo para siempre. No quiero verte ni en pintura. No sabes hacer fotos. No sabes hacer nada. No sabes ni fecundar a una mujer.

Silencio. BEATRIZ se gira, parece abandonar el escenario hasta que ALBERTO habla.

ALBERTO: ¿Entonces?

BEATRIZ: ¿Entonces qué?

ALBERTO: ¿Esto cambia la situación?

BEATRIZ: ¿Qué situación?

ALBERTO: Joder, cariño...

BEATRIZ: Pero ¿qué dices ahora?

ALBERTO: ¿Qué es de lo nuestro?

BEATRIZ: ¿No ves cómo estoy? ¿Tú crees que estoy yo ahora para pensar en eso? ¿Qué coño quieres de mí?

ALBERTO: Hombre, no lo sé…

BEATRIZ: ¿Crees que me importa algo lo nuestro, por decir algo? Estamos aquí solos los dos en este jodido agujero, pero nos sentimos seguros. ¿No es así?

Silencio.

ALBERTO: Supongo…

BEATRIZ: ¡Claro que es así! Estamos seguros, pero eso ya no sirve en este mundo enfermo. Vivimos en un engaño que ya no tiene gracia, y lo sabes. Todo es ruido y más ruido. Lo sabes mejor que nadie, pero no te vas. ¿Cómo puedes aguantarme?

ALBERTO: ¿Por qué dices eso?

BEATRIZ: Siempre lo estropeas todo. ¿Lo ves? Nunca, nunca te enteras de nada. Te has cargado esta pésima comedia, y ya no tiene arreglo. No quedan más giros de guion, no te esfuerces más.

ALBERTO: Eso no es verdad.

BEATRIZ: Estoy muy flaca. Más flaca que tú. Soy un amasijo de huesos que no se sostienen, pero tengo buenas tetas. Ya sé que tienes ganas de hablar, pero te vas a callar.

ALBERTO: Siento mucho que hayas tenido un mal día, de verdad.

BEATRIZ: ¿Un mal día? ¿Esta es otra de tus bromas? ¿Te parece gracioso todo esto, puto psicópata? Me voy a casa de mi madre.

ALBERTO: ¡Espera!

BEATRIZ: ¿Qué quieres, Alberto? ¿Qué coño quieres de mí?

ALBERTO: Pues... Quiero saber si estamos juntos, o no estamos juntos... O qué estamos haciendo.

BEATRIZ: Nada, no estamos haciendo nada con nuestras vidas.

ALBERTO se acerca a ella.

BEATRIZ: ¡Basta!

ALBERTO: ¡Espera por favor!

BEATRIZ: ¿Qué quieres?

ALBERTO: Espera, espera...

Silencio.

ALBERTO: Déjame que te hable al oído por última vez.

Silencio. ALBERTO se acerca aún más, hasta su oído. Habla con un susurro elevado, de tal modo que le oímos, pero su voz sigue siendo sincera.

ALBERTO: ¿Sabes qué estoy haciendo últimamente? Como estamos en septiembre, están saliendo muchas moras de los árboles. Pues, ¿sabes lo que hago, para no pensar? ¿Te acuerdas lo que hablamos de relajar la mente y todo eso?

BEATRIZ: ¿Pero qué cojones me estás contando ahora?

ALBERTO: Tómate una copa conmigo.

BEATRIZ: No.

ALBERTO: Escucha, escucha... Pues eso, que he descubierto que, para no pensar en nada, lo que hago es ponerme a recoger las moras de los árboles y luego las pongo en una bolsa de plástico que me llevo. Es la hostia porque, al estar atento mirando las moras para no pincharme con las ramas, pues el tiempo se me pasa volando y consigo no pensar en absolutamente nada. Estoy pendiente de las ramas para no pincharme. Es una gozada. Me olvido totalmente de mis problemas, me olvido de mí mismo. Mi mente consigue relajarse. Se queda en blanco. Es un descanso inescrutable.

BEATRIZ: Estás fatal, Alberto. Estás como una cabra. Me voy a casa de mi madre. No me llames nunca más.

BEATRIZ se va del escenario. ALBERTO, sin darse cuenta de que ella se ha ido, saca de su bolsillo una bolsa de plástico del supermercado. Está llena de moras. Comienza a comérselas.

ALBERTO: Antes del embarazo me mandaste a la mierda. No dije nada. Luego, al ver que estabas embarazada, me dijiste que volvíamos. Y yo te dije que sí, pues no te imaginas lo orgulloso que me sentía cuando salíamos juntos a cualquier sitio, de la mano, o del brazo... Juntos. Y ahora que no hay embarazo, pues… No sé. No sé qué soy yo para ti. No soy ningún “incel”. O sea, no sé si te importo, o si solo me querías para tener un hijo. Porque la verdad es que me siento como un hombre objeto, pero eso ya da igual. O sea… no sé. A lo mejor estoy yo loco, que a mí me parece de puta madre todo esto de la igualdad, la paridad y todo eso del feminismo, pero que estoy aturdido. Vamos, que no sé cuál es mi función en todo esto, además de poner el esperma. Lo he estado pensando… Y, claro, es que no hay Dios que te entienda. Por un lado, dices que quieres ser madre. Luego no, luego otra vez sí… Y yo lo que no sé es qué quieres de mí. Ahora me han echado del curro. Mi sueldo era una miseria y ahora tendré unos meses de paro, pero bueno, seamos optimistas: algún día morirán nuestros padres y heredaremos los pisos. O sea, en la calle tampoco vamos a acabar, digo yo. Lo que quiero decirte es que quiero que nos casemos. Por el juzgado, ya te dije que yo la Iglesia no la piso, es que no puedo… Pero, oye, que podemos casarnos y, si eso, nos vamos a vivir a las afueras. Hay sitios baratos. Yo ahora con esta moda del teletrabajo seguro que encuentro algo pronto.

Silencio. ALBERTO deja de comer moras.

ALBERTO: ¿Bea? ¿Dónde estás Beatriz?

Suena el móvil de ALBERTO.

ALBERTO: ¿Quién me escribe ahora?

Se limpia con el kleenex *y por fin coge el teléfono.*

ALBERTO: ¿Esta noche? Joder. ¿Y qué me pongo? Si tus padres me odian. ¿Pero por qué tanta prisa?

ALBERTO cuelga, guarda la bolsa del supermercado en la chaqueta. Saca un peine y trata de peinarse con evidente torpeza.

ALBERTO: ¿Por qué me haces esto, Beatriz? ¿Por qué siempre me metes prisa y yo sin saber por qué? Todo es urgente siempre contigo, todo es un capricho del destino que debe resolverse ya. ¡Es agotador! ¿Por qué le hablo como si estuviera presente? ¿Por qué estoy tan solo? En el capitalismo, la felicidad se define por el consumo, la posesión de objetos. Yo poseo muchos objetos, pero nadie me quiere. Apenas tengo tiempo libre, y cuando me quedo a solas en estas cuatro paredes es cuando aparece la cruda verdad. Quiero tener tiempo libre para mí, pero, cuando al fin lo obtengo, me aterro. Es en esos momentos de tiempo libre cuando más soy consciente de mi soledad.

Silencio. ALBERTO respira.

ALBERTO: Ya sé lo que pasa. Seguro que no es un aborto. Simplemente ha sangrado un poco y se ha asustado. Es normal. Seguro que ha sido eso. No soy ningún "incel".

BEATRIZ entra en el escenario empujando una mesita de ruedas. Unos platos apilados y encima unos cubiertos, desordenados.

BEATRIZ: Ayúdame a poner la mesa, inútil.

ALBERTO: ¿Y tus padres dónde están?

BEATRIZ: Coloca los platos y los cubiertos. Ahora traigo los vasos.

BEATRIZ abandona el escenario. Con evidente torpeza, ALBERTO trata de colocar un plato a cada lado y los cubiertos al lado de cada plato.

ALBERTO: Es irremediable. Irremediable...

BEATRIZ vuelve con los vasos y una pequeña cazuela.

ALBERTO: ¿Y tus padres?

BEATRIZ: No van a venir.

ALBERTO: ¿Por qué?

BEATRIZ: Qué más da.

ALBERTO: Dame alguna explicación, por favor.

Silencio. BEATRIZ mira a ALBERTO a los ojos.

BEATRIZ: Mi madre se ha encerrado en su cuarto.

ALBERTO: ¿Tanto me odia?

BEATRIZ: No tiene nada que ver contigo.

ALBERTO: ¿Cómo?

BEATRIZ: Mi padre ha vuelto con su secretaria. Ha vuelto a follársela y a correrse en su puta cara de cerda.

ALBERTO: No entiendo nada, Beatriz.

BEATRIZ: ¿Por qué te crees tan importante? ¿Por qué crees que todo en este mundo decadente y asqueroso gira en torno a ti?

ALBERTO: ¿Cómo?

BEATRIZ: ¿Por qué estás tan seguro de ti mismo? ¿Quién coño te ha dicho que el niño era tuyo?

Silencio. Tras unos segundos, BEATRIZ sirve la cazuela en el plato de ALBERTO. Después se sirve en el suyo.

ALBERTO: ¿Qué es esto?

BEATRIZ: Sopa de pescado. Te quejarás.

ALBERTO: Quiero decir qué significa esto. Esta cena juntos, tú y yo, después de todo lo que ha pasado.

BEATRIZ: Es nuestra última cena.

ALBERTO: ¿Cómo?

BEATRIZ: No has visto las noticias, ¿verdad?

ALBERTO: Ya sabes que nunca veo nada de eso, no me interesa nada. No quiero saber nada de política ni nada de eso. Estamos condenados.

BEATRIZ: Eso es verdad. Por fin dices algo con un mínimo sentido de la realidad.

ALBERTO: ¿Hay algo más que debo saber?

BEATRIZ: La última cena, te digo, es esta que vas a ingerir. Un último saludo a la Humanidad. La guerra es inevitable. Nos hablan de identidades a todas horas, pero las pulsiones mortíferas son nuestra única identidad. No hay nada más humano que el crimen. Hemos nacido para follar y matar. Ahora disfruta de la última cena.

BEATRIZ empieza a comer la sopa. Silencio.

ALBERTO: No tengo hambre.

BEATRIZ: Come.

ALBERTO empieza a sorber la sopa.

BEATRIZ: Qué asco das.

ALBERTO: A veces sueño que me quieres. Te visto con mi sangre y tú me sonríes. Y yo me olvido de todo. Y soy feliz.

BEATRIZ: Solo un débil mental puede ser feliz. Enhorabuena.

ALBERTO: Luego me desperté. Y ya no estabas aquí. Entonces salí a comprar tabaco.

BEATRIZ: ¿Por qué me cuentas esto?

ALBERTO: Salí a comprar tabaco y se me aparecían por la calle las mismas caras que había visto en la televisión. He perdido el oremus, lo sé, pero tengo dignidad.

BEATRIZ: Con dignidad no se come.

ALBERTO: Iba caminando. Vi el cadáver del niño palestino, pero ahora estaba jugando al fútbol como si nada. Ni me miraba. Simplemente jugaba concentrado, ajeno a lo real. Y vi también a la mujer ucraniana asesinada por los rusos. Ahora se me aparecía como quiosquera. Junto al contenedor de basura, los cadáveres de las mujeres israelíes asesinadas por HAMÁS. Ahora simplemente fumaban indiferentes. La música tecno sonaba de nuevo. Volví a casa y encendí la tele. No sé hacer otra cosa más que ver la puta tele. Putin, Trump, Zelenski, Netanyahu… Todos esos psicópatas se ríen de nosotros. Apagué por fin la tele y sentí que, en esos condimentos anímicos que no llegan a la conciencia, se asomaba un huerto de manzanos. Allí me tiraba yo. Un olor intenso a primavera. Silencio.

BEATRIZ: ¿Cuándo apagaste la tele?

ALBERTO: Hace horas.

BEATRIZ: ¿No miras el Twitter?

ALBERTO: Ya no tengo nada de eso. Me lo quité.

BEATRIZ: Nunca te enteras de nada.

ALBERTO: ¿Por qué dices eso?

BEATRIZ: La guerra ya no importa.

ALBERTO: ¿Cómo que no importa? ¿Qué dices?

BEATRIZ: No me entiendes.

ALBERTO: Explícate.

BEATRIZ: Los extraterrestres acaban de llegar a la tierra.

ALBERTO: ¿Cuándo?

BEATRIZ: Hace tres cuartos de hora.

ALBERTO: ¿Estás de coña?

BEATRIZ: No.

ALBERTO: ¿Quién te lo ha dicho?

BEATRIZ: Ha salido en todas las putas televisiones, pero tú nunca te enteras de nada.

Silencio. BEATRIZ sigue comiendo.

ALBERTO: ¿Entonces estamos juntos, o no?

BEATRIZ: Qué más da.

ALBERTO: A mí no me da igual.

BEATRIZ: Vamos a morir todos, todas y todes. Y "todus".

ALBERTO: Pero moriremos juntos.

BEATRIZ: ¿A quién le importa eso, Alberto?

ALBERTO: A mí.

ALBERTO se levanta y coge el cuchillo discretamente, sin que BEATRIZ lo perciba.

BEATRIZ: Eres débil y hablas solo. Es curioso. Las mujeres no hablan solas. Las mujeres callan, aguantan y sufren en silencio. No hay consuelo posible.

ALBERTO sigue caminando lentamente. BEATRIZ le ignora.

BEATRIZ: El silencio es un refugio. Al escuchar el silencio, asumimos lo irremediable. Y lo aceptamos. No tiene sentido encender la tele. Estamos muertos.

ALBERTO se coloca detrás de BEATRIZ.

BEATRIZ: Cómete la puta sopa y cállate ya. Eres un egoísta.

ALBERTO: Y tú eres una puta, pero te quiero.

ALBERTO coge el cuchillo y lo clava en el pecho de BEATRIZ. Ella grita de dolor. Se apagan las luces.

FIN

Ariel Silva Baracat

REINA Y MENDIGA

Premio Internacional de Narrativa Breve con Nombre de Mujer 'Mar Busquets' 2025 patrocinado por el Ayuntamiento de Riba-Roja de Túria

El sol bizantino caía en un dorado resplandor sobre la ciudad. Desde la terraza del Gran Palacio, la emperatriz Teodora contemplaba Constantinopla como una diosa sobre su reino. A sus pies se extendía la ciudad vibrante: mercaderes regateando entre puestos rebosantes de especias y sedas, sacerdotes llevando incienso a las basílicas, soldados patrullando las avenidas de piedra con sus armaduras resplandecientes. Las cúpulas doradas de las iglesias reflejaban la luz del ocaso, y el Bósforo, azul y majestuoso, serpenteaba en el horizonte como una cinta de zafiro.

El Gran Palacio era un monumento al lujo. Sus columnas de mármol brillaban con mosaicos de oro y lapislázuli. Las paredes decoradas con frescos de victorias gloriosas y dioses mitológicos. En los corredores, eunucos y sirvientes se movían en silencio, atendiendo a las mínimas necesidades de la corte. Por las fuentes de alabastro fluía agua perfumada con rosas, y los jardines imperiales estaban llenos de peonías y lirios blancos, esparciendo su aroma por el aire templado.

Teodora, vestida con una túnica púrpura ricamente bordada en hilos de oro y perlas, sostenía una copa de cristal de roca con vino especiado. Sus dedos, enjoyados con anillos de esmeraldas y rubíes, tamborileaban sobre el brazo de su trono mientras contemplaba el movimiento de la ciudad. Era la dueña de un imperio.

—Majestad, hemos encontrado a una mendiga cerca de Santa Sofía.

—¿Qué tiene eso de especial?

—Murmuraba cosas extrañas y ha perturbado al pueblo.

Teodora alzó una ceja.

—Profecías, mi señora. Vociferando que el destino no olvida.

Un escalofrío recorrió la piel de la emperatriz, pero su expresión no se alteró. Hizo un gesto con la mano, indicando al guardia que la trajera.

Los pasos resonaron en el mármol mientras los guardias arrastraban a la mendiga hasta la sala del trono. Era una anciana de rostro curtido por los años y ropajes andrajosos, con el cabello ceniciento cayendo en mechones sobre sus hombros. Sin embargo, sus ojos, oscuros como el Bósforo en la noche, estaban llenos de una inteligencia feroz.

—¿Sabes ante quién te encuentras? —preguntó Teodora, recostándose en su trono.

—Ante la mujer que ascendió desde los teatros y burdeles hasta la gloria imperial —respondió la mendiga con una voz ronca, pero firme.

Un murmullo recorrió la sala. Los eunucos y nobles intercambiaron miradas de alarma, pero la emperatriz no mostró ninguna reacción.

—Hablas con demasiada osadía para alguien en tu condición —dijo Teodora con frialdad—. Dime, ¿qué es eso del destino que no olvida?

—Las estrellas giran, majestad —la anciana sonrió, dejando entrever dientes desiguales—. Todo lo que se ha tomado debe devolverse.

—¿Y qué es lo que crees que he tomado? —La reina inclinó ligeramente la cabeza.

—Una vida, emperatriz. Una vida que no era tuya para reclamar.

Los murmullos aumentaron. Teodora, aunque aún impasible, sintió una presión invisible en el aire de la sala.

—Tienes agallas, vieja. Si tienes algo concreto que decir, dilo ya.

Desafiando la proximidad de los guardias la anciana avanzó un paso.

—Hace muchos años, una joven actriz quedó embarazada en la miseria de las calles. La criatura nació en secreto y fue entregada a las aguas del puerto. Pero el destino no se rinde tan fácilmente a la voluntad de los poderosos.

—Mientes —un silencio cayó sobre la sala. Teodora se irguió en su trono, crispando contra el reposabrazos.

—Oh, no, majestad. Esa niña sobrevivió. Fue acogida por una familia de comerciantes que nunca reveló su origen. Pero el eco de la sangre no se puede silenciar. Esa niña creció, aprendió, y hoy vuelve a reclamar su verdad.

La sala entera contuvo la respiración. Teodora sintió un escalofrío pasarle por la espalda como un relámpago. No podía ser cierto. No podía… Pero los ojos de la mendiga eran dos pozos llenos de certezas antiguas.

—Soy… tu hija, emperatriz —rio la anciana su broma, pero no tenía gracia alguna.

—Imposible —Teodora levantó la voz, para que todos la oyeran—. Podrías ser mi madre. La vieja se rio un rato más, no supo decir cuánto, pero todo el tiempo fue a su costa.

—Es verdad, alteza, podría, por sabiduría y experiencia, más no por años. Nací el mismo día que tú. También en Chipre, como cualquiera de las prostitutas de Bizancio.

El silencio en la sala se volvió denso. Teodora entrecerró los ojos, pero no respondió.

—Ah. Sé más cosas, mi reina. Tu padre, Acacio, adiestraba osos para los Verdes. Tu madre danzaba para hacer reír a los ebrios —continuó la mendiga, avanzando otro paso—. Y cuando él murió, ella os llevó como suplicantes al hipódromo. ¿Lo recuerdas, emperatriz? Fuiste salvada por los Azules, pero no olvidaste a los Verdes, ¿verdad?

Teodora se irguió en su trono.

—Cuidado con tus palabras —advirtió, con la voz fría como el mármol del palacio—. ¿Cómo sabes todo eso?

—Y muchas más que sé —pareció amenazarla. Emitió un sonido carrasposo que intentaba ser una risa—. Sé todo eso porque siempre estuve aquí, detrás de las cortinas. Sé que la infancia de Teodora fue dura en tanto que vivía junto a su familia en los sótanos del hipódromo, igual que yo.

—Estás loca. ¡Guardias! —llamó para que la quitasen de ahí. Nadie se movió.

—No —se negó la mendiga—. No me iré hasta saberlo. ¿Cuál de las tres eres? ¿La emperatriz influyente y llena de coraje, que defiende a las mujeres de todo el imperio? ¿La que lucha contra la prostitución forzosa? ¿Eres la que impone pena de muerte contra los violadores? —Con cada pregunta se acercaba un paso, un poco más—. ¿La enemiga de la ley que prohibía el matrimonio entre una persona noble y una humilde? ¿La reina de las mujeres propietarias y herederas? ¿Eres quien prohibió el asesinato de las adúlteras? —Otro paso—. ¿La que da pensiones a las mujeres pobres para que puedan encontrar marido y quien dará la custodia de los hijos a sus madres? ¿Serás acaso la que luchará por erradicar la prostitución? —Ya estaba tan cerca que podía oler su aliento a queso y saborear su saliva verde por las hierbas—. ¿O eres la hija del sacerdote, pía y devota como él, sumisa observante de Dios, que defiende la unicidad de la naturaleza de Cristo, nuestro salvador, y que todas las horas del día vives por y para él? ¿Eres la que murmuraba ideas para que Hagia Sophia se hiciera a tu gusto? —Sus mejillas estaban pegadas, y su boca susurraba a su oído. Y los guardias ni se movían—. ¿O eres la prostituta? La actriz, que es lo mismo. La que defendió del águila al cisne, para luego yacer con él, ignorando que era solo un engaño del padre de los dioses. ¿Te forzó o te sedujo? Nunca vi la obra ni entendí el teatro, ni conocí nada parecido a un dios que quisiera tomarme —con una mano le acariciaba la base de la nuca, donde nace el pelo. Con la otra la tomó por la cintura. Su hedor ya era el de un perfume y no supo quién hablaba, si la mendiga o ella misma—. Te esparcieron grano sobre el cuerpo y fingiste que una oca te hacía suya, tan desnuda que desafiabas las leyes. Te vi. Te gustaba. ¿Eres entonces la que tuvo hija con un ebrio en un burdel, e hijo con un general advenedizo que cuanto más te pegaba más lo querías? ¿La hilandera en una casa cerca del palacio a la que Justino tenía mucho cariño? ¿Por qué? ¿También actuaste para él? ¿También lo defendiste de un águila? Menos mal que murió Eufemia, para que tu valedor eliminara esa ley, para que su hijo Justiniano pudiera casarse con una actriz. ¿Cuál de las tres eres, oh, emperatriz? ¿Recuerdas cómo resonaban los gritos de los treinta mil Verdes cuando ardieron en el hipódromo? Por la revuelta, sí… pero también por no acoger a tu madre y a sus tres hijas.

Cerró los ojos, como los niños cuando quieren evitar un peligro que ya no existe si no lo ven. Se giró. Contuvo la respiración. Volvió la vista hacia la mendiga… pero no había nadie frente a ella.

Dio un paso atrás y sintió el roce áspero de la túnica ajada contra su piel. Bajó la vista. Sus manos, que un instante antes estaban enjoyadas con esmeraldas y rubíes, estaban sucias, encallecidas. Sus pies descalzos tocaban el mármol frío.

Giró desesperada hacia los espejos de la sala. No era la emperatriz quien la miraba desde el reflejo, sino la mendiga. Su propio rostro, demacrado, surcado por el tiempo, le devolvió una sonrisa torcida.

El destino no olvida. Y supo que si vuelve a olvidar, volverá el eco para ser su memoria.

ÍNDICE